© 2024 Gérard LEDUC
Édition : BoD · Books on Demand GmbH,
In de Tarpen 42, 22848 Norderstedt (Allemagne)
Impression : Libri Plureos GmbH,
Friedensallee 273, 22763 Hamburg (Allemagne)
ISBN : 978-2-3225-1609-4
Dépôt légal : Novembre 2024

Double je…

1ère partie

Chapitre 1

La scierie

Dans le Puy-de-Dôme, savant mélange de volcans, de pâturages, d'étangs et de scieries, Edmond Courteix comme tous les lundis matin distribuait l'emploi du temps de chaque collaborateur.

Consciencieux, il était régulièrement le premier arrivé, surtout en début de semaine quand les ouvriers avaient encore les papillons du week-end en mémoire. Le « boss » Christophe Laporte, auvergnat au bon teint, lui faisait entièrement confiance en le considérant comme le second au sein de la société. Christophe était le successeur de Daniel Laporte père. Celui-ci profitait depuis une paire d'années (suivant l'expression en vigueur) de la retraite bien méritée. Celui-ci avait suivi l'expansion de la filière bois de la région pour créer une entreprise spécialisée dans le débitage et le séchage des différentes essences. Les commandes s'entassaient de plus en plus. De ce fait, cette société n'avait cessé de se développer, année après année, de manière méthodique et assez intelligente.

Avec le personnel administratif, l'établissement employait actuellement une bonne trentaine de personnes. Au bureau, trois femmes s'occupaient de la paperasserie, répondaient aux appels téléphoniques incessants et accueillaient également les possibles clients.

Les différents sites bien cloisonnées et toute l'activité de cette ruche dépendaient pour beaucoup du va-et-vient des chariots élévateurs. Les ouvriers commençaient à huit heures tapantes et la plupart étaient assez polyvalents, de sorte qu'aucune absence ne vienne contrarier l'ensemble des activités. Le bureau attaquait la journée une heure plus tard.

Cette polyvalence avait donc l'avantage de varier le travail et, de ce fait, empêchait de tomber dans une certaine routine, synonyme de baisse sensible de vigilance et de glisser petit à petit vers des risques d'accidents corporels, impactant son auteur ou son proche voisinage.

Comme la majorité des journées actives, Edmond Courteix avait ouvert les grilles d'accès de la scierie et réveillait la plupart des machines-outils en poussant le gros bouton rouge du disjoncteur général. Toutes les lumières, tous les compresseurs devenaient instantanément opérationnels. Après ce rituel effectué, l'ensemble du personnel se réunissait dans la salle de repos, servant également de salle de repas, pour boire le café en attendant d'entendre la sirène d'embauche retentir. Et de voir les derniers retardataires arriver au pas de gymnastique en ayant garé leur véhicule sur les aires prévues à cet effet. Ne prenant pas leur café, ils prenaient leurs directives sur le tableau des consignes.

Edmond ne pourra pas faire le va-et-vient facilement entre le terrain et le bureau, car un surcroît de livraisons impératives, devaient être assurées pour une grosse société de l'Allier, juste à la périphérie de Moulins.

Donc aujourd'hui, il devra s'affairer à renforcer le poste autour de la scie à ruban. Ordinairement, il y a bien un gus en poste, mais devant le carnet de commandes très touffu, il se sentait obligé d'aider et de renforcer les manutentionnaires au chargement. Alors Edmond décida, avec l'accord du boss, de prendre le poste en supplément à la déligneuse et de continuer à débiter les troncs des diverses essences. Auparavant, ceux-ci avaient longuement séjourné dans la nouvelle et immense étuve. Cela prévoyait d'empiéter sérieusement sur la coordination de la fabrication avec l'administratif.

Isabelle pestait sur ces dégradations qui perturbaient chronologiquement les classements et la gestion de la comptabilité. Les bordereaux de chargement n'arrivaient pas en temps voulu, et surtout de manière régulière. Elle héla Edmond au passage :

— C'est vraiment la pagaille en ce moment ! Nous accumulons les retards ! Si cela devait continuer, tu devrais en souffler deux mots à Christophe, non ?

— Je vais lui dire ce qu'il en est ; peut-être une nouvelle embauche serait nécessaire, soit sur le parc d'activité, soit pour vous seconder afin d'alléger votre tâche administrative correspondante à votre responsabilité dans la gestion en cette période très surchargée. Il est vrai que cela ne peut continuer dans les mêmes conditions qu'actuellement pendant trop longtemps. Imaginons qu'un fâcheux incident blesse un de mes gars ou qu'il tombe malade, nous serions vraiment dans une dèche pas possible. Ayant enregistré les jérémiades d'Isabelle, tout en surveillant s'écouler le café, il reconnaissait que la secrétaire n'avait vraiment pas tort. Seulement, connaissant trop bien Christophe Laborde, il savait par avance ce qu'il allait répondre, sa réaction. Allons, Edmond, nous ne sommes pas encore bloqués… !

Apercevant le patron Laporte, il lui fit signe et exposa les difficultés actuelles :

— Qu'avez-vous à me dire, Edmond ?

— Il y a encore trois ans en arrière avant le départ en retraite de votre père, nous n'étions pas plus de vingt personnes. Depuis, le matériel a évolué et le nombre d'ouvriers a logiquement augmenté. Actuellement, les commandes s'accumulent conformément à notre extension, et nous en sommes à une bonne trentaine et la cadence de travail continue son escalade. Cela ressemble à une vis sans fin.

— Edmond, vous me posez une constatation des plus épineuses ; je vais étudier tout cela très sérieusement. Il faudra rester avec moi un de ces soirs, avec la secrétaire pour essayer de trouver une solution plus approfondie sur la possibilité d'une embauche de bras supplémentaires, et étudier quel secteur en sera pourvu, d'accord ? un mercredi ou un jeudi vous conviendrait-il ?

— N'importe, mais il faudra l'avis d'Isabelle.

— Je vais lui en parler.

Edmond termina son café tant bien que mal, celui-ci avait fortement refroidi. Traversant les différents ateliers, il salua le jeune Thomas qui lui répondit par un signe de la main.

— Salut Thomas, Eh bien, tu en as pris quelques-unes de sévère ce week-end, je me trompe ?

— Non pas ! On avait un match contre Issoire, un vrai derby, dans tous les sens virulents du terme !

— Gagné ou perdu ?

— Perdu ! Cela a été sévère, mais je préfère parler d'autre chose. L'entraîneur nous a sérieusement sermonné après le match, aux vestiaires.

— C'est vrai qu'à cette vitesse-là, une descente en série inférieure vous pend aux fesses !

Il est exact qu'on a tendance à s'enliser ! Et moi, dans ce match, j'ai tout raté de ce que j'ai voulu. Était-ce la pression qui a fait louper toutes mes tentatives ? Le score parle de lui-même.

— De beaucoup ?

— Quarante-cinq à dix-sept !

— Bon, c'est du passé maintenant. Pour aujourd'hui, il te faudra prendre le Manitou, car l'entreprise Courtelle vient avec leur semi, chercher leurs voliges en fin de matinée. Par la même occasion, tu feras de l'espace afin de pouvoir stocker tous les troncs qui doivent arriver dans la journée.

— A quelle heure ?

— Entre quinze et seize heures, certainement.

— D'accord chef, j'ai juste le temps de prendre un dernier jus et je m'y attèle.

— OK, Thomas, seulement, après, reviens me voir, j'ai à te parler sérieusement.

Thomas s'en alla, l'air renfrogné. De quoi veut-il me parler ?

Chapitre 2

La découverte

Après avoir reçu leur emploi du temps pour la journée, chacun des employés s'acheminait vers son propre secteur. Thomas, de son côté, revenait vers son responsable :

— Oui chef, vous désiriez me parler ?

— Exact. Au sujet de ta motivation à l'ouvrage, je n'ai absolument rien à redire. Seulement, il y a un hic… Je m'aperçois que tu respectes de moins en moins les principales et pourtant très élémentaires consignes de sécurité. Je sais bien que la fougue de ta jeunesse passe facilement au-dessus, mais pense à ta santé, et également à la sécurité de l'ensemble de tes collègues.

En tant que responsable de terrain, si tu venais par malheur à te blesser, peut-être même gravement, je risque gros car cela me retombera sur le dos. Donc, à partir d'aujourd'hui, tu t'équiperas comme tout le monde, dès que tu seras en contact d'une machine, c'est-à-dire : casque de protection auditive, gants et chaussures de sécurité qui t'ont été attribués lorsque tu as été embauché. Aucune excuse ne sera tolérée, aucun passe-droit également.

La prochaine fois que j'aurai à te refaire ces remontrances, tu auras un sévère avertissement écrit. Imite tes collègues de travail et tout se passera bien, entendu ?

— D'accord chef, Seulement, vous avez vu la chaleur de la semaine passée ? C'était vraiment la canicule, exceptionnelle pour la saison !

— Taratata, il n'y a pas d'excuses qui tiennent. Tu dois rester équipé dans n'importe quelle circonstance. Si tu as trop chaud, prends une petite pause, bois un bon coup d'eau fraîche, mais tu travailles en conservant tous les attributs de protection nécessaires.

— OK, je prends note monsieur Edmond.

Thomas tourna les talons pour se diriger prendre son poste affecté. Il croisa Emile, l'ouvrier le plus ancien dans la société. Celui-ci, d'un ton paternel, entrepris de le prévenir à son tour :

— Tu vois, Thomas, j'ai entendu toutes les mises au point d'Edmond. La semaine dernière ; je t'avais prévenu de faire gaffe à ta tenue de protection et que tu finiras par te faire engueuler !

— Je sais, Emile, j'en ai pris pour mon grade ce matin.

Les collations terminées, le personnel se dirigea vers le site qu'on leur avait attribué. Simon, Pierre, quant à eux, avaient endossé leur combinaison avant d'aller contrôler l'étuve. Ce matin, après avoir compté ses ouailles, Courteix se tourna vers la principale machine de la scierie : la grande scie à ruban. C'était l'outil essentiel, de fabrication allemande. Les ouvriers l'avaient surnommée « mine d'or ». C'était elle qui débitait des troncs parfois énormes. Elle ne s'arrêtait jamais de la journée, seulement pendant l'heure du dîner. Tout était automatisé, il suffisait de prérégler les dimensions des épaisseurs et de surveiller son bon fonctionnement. Les troncs de bois, amenés par la grue sur rail se suivaient, inexorablement. La grue, équipée d'un grappin, piochait dans la montagne de stockage. Cette montagne de bois était alimentée par l'arrivée continuelle des semi-remorques. Les billes étaient déposées sur un chemin de rouleaux vers la scie. Clément, attentif, était équipé d'une gaffe, afin de rectifier l'alignement de ces troncs, avant la présentation devant « mine d'or ».

Cette scie à ruban n'avait pas encore commencé son ouvrage que toute la machinerie se mit en sécurité et stoppa toute la filière si importante.

Clément se mit à gueuler si fortement qu'aucun porte-voix ne fut nécessaire. L'ensemble du personnel avait stoppé leur activité immédiatement en se posant la même question : que pouvaient bien justifier tous ces hurlements ?

— Nom de dieu, non de dieu ! Stop, stop, arrêtez tout !

Puis à grandes enjambées, Clément alla appuyer d'un geste rageur sur le gros bouton rouge d'arrêt général d'urgence. Seule la salle d'étuve continuait de fonctionner, étant indépendante. Le disjoncteur se situait bien à la vue de tout le monde, sur le grand tableau électrique, à l'entrée du site des ateliers.

— Que se passe -t-il, Clément, lui demanda Edmond Courteix ? Pourquoi gueules-tu comme cela ?

Comme Clément était soudainement devenu muet, un groupe d'ouvriers arrivait et encerclait les côtés de la scie à ruban. Ils s'arrêtèrent, les visages livides, liquéfiés à la vue d'une scène théâtrale.

Clément, complètement momifié, les bras ballants, immobile mais toujours droit, regardait la déligneuse. Cette vue, digne d'une fresque d'horreur, s'incrustait dans la mémoire des ouvriers présents. Ils ne pourront jamais effacer l'image qui se présentait devant eux.

Chapitre 3

L'horreur

La cause de ces instants de surprise passée, se présentait devant eux une vision inimaginable dans ce lieu. L'ancien, Emile, préférait ne plus regarder cette horreur et se retourna la mine défaite, blême. Cependant, le jeune Thomas prit le parti de s'éloigner de la scène avec une distance respectable. Ne pouvant plus se retenir, il finit par refouler l'essentiel de son petit-déjeuner.

En premier, Edmond, devant l'impensable, avait songé à une blague d'assez mauvais goût, un mannequin dénudé. Cette impression vite passée, il ne put que se rendre à l'évidence. Il ne rêvait pas, la blague idiote et macabre est à effacer. Ce qu'il voyait était bien réel, il était bien réveillé.

Les premiers instants de stupéfaction passés, le groupe d'ouvriers restait crédule, bouche bée : sur les rouleaux de la déligneuse, gisait un cadavre d'homme dénudé, le corps coupé en deux parties égales. Chose peu banale, la découpe avait été faite dans le sens de la longueur. Pour attaquer le boulot dès le lundi matin, cela vous mettait dans une concentration très éloignée de la forme dite olympique.

Pour la plupart d'entre eux, la découpe avait été réalisée par la scie à ruban pendant le week-end. Pour cela, il fallait savoir comment entrer et utiliser la machine. Il fallait la présence d'au moins deux personnes pour réaliser cette atrocité.

Ayant repris tous ses esprits, Edmond aboyait ses ordres : surtout que personne ne touche quoi que ce soit. Tout le secteur reste neutralisé dans l'immédiat et réunion pour tout le monde devant les bureaux !

Le smartphone à la main, il avertit illico Christophe Laborde. Celui-ci, le visage des mauvais jours, arriver sans plus tarder. Avec Courteix, ils s'en allèrent d'un pas décidé vers le lieu incriminé. Après avoir analysé tous les éléments sur la périphérie de la sauvagerie sadique, ils retournèrent téléphoner à la gendarmerie de Thiers. Ayant pris connaissance des circonstances de abominables, les gendarmes avertirent sans attendre leur hiérarchie.

Ensuit, Laborde demanda à la secrétaire de prévenir les transporteurs d'ajourner leurs livraisons prévues ce lundi. La scierie était dans l'impossibilité de les accueillir et de les délester de leurs chargements, et ce jusqu'à nouvel ordre. Nous les préviendrons dès que le feu vert sera accordé par les enquêteurs.

Isabelle héla Courteix :

— Edmond, j'ai la gendarmerie en ligne, tu la prends ?

— OK, Isabelle, passe-moi le combiné. Il reconnut tout de suite l'interlocutrice de la gendarmerie de Thiers. Il s'avérait qu'Edmond reconnaissait le timbre de voix des gens gravitant autour du complexe de la filière du bois.

— Bonjour, c'est Edmond Courteix de la scierie d'Auvergne. J'aimerais parler en urgence absolu au commandant de votre brigade. D'ailleurs, mon patron Laporte a dû l'appeler il n'y a pas un quart d'heure de cela.

— Oui, monsieur Courteix, je vous mets en relation avec lui.

Après quelques instants d'attente :

— Bonjour monsieur Courteix, sur quoi puis-je vous renseigner ?

Pour la énième fois, Edmond repris son discours :

— Voilà en résumé, ce matin, à la reprise du travail, nous avons découvert un cadavre dénudé, sur les rouleaux d'accès à la scie à ruban. Allo, vous m'entendez ?

— Oui, oui, je vous entends monsieur Courteix. Je vous demanderai seulement si vous avez appelez les pompiers en premier lieu ?

— Je n'ai pas eu ce réflexe puisque le défunt était gravement mort, coupé en deux dans le sens de la longueur ! Les pompiers n'auraient pas pu faire grand-chose, vous ne trouvez pas ? C'est donc maintenant que je sollicite votre autorité pour nous envoyer sans plus tarder un médecin assermenté.

— Les démarches sur ce sujet ont déjà été réalisées par le commandement supérieur. Dans l'attente de notre arrivée, sécurisez bien l'endroit, empêchez les intrus de s'approcher.

— Cela a déjà été effectué. Toutes les précautions nécessaires ont été exécutées.

— Très bien, je vous remercie. Nous serons chez vous d'ici un quart d'heure.

Edmond rejoignit le boss dans son bureau. Celui-ci était suspendu au téléphone. Une minute plus tard, il reposa son smartphone et fit signe à Edmond de s'asseoir.

— Courteix, nous sommes dans un beau merdier, vous ne trouvez pas ?

— Pour un bordel, il est de taille Cela a dû se passer dans la nuit de samedi à dimanche, je ne vois pas autrement.

— Si cela s'est passé ce week-end, vous avez raison : cela ne peut être que la nuit car dans la journée, les gens auraient certainement perçu la machine en marche, sans négliger les mouvements dus à la manipulation du corps et au bruit du moteur arrivant et repartant.

— Ce que je n'arrive pas comprendre, c'est que le portail était fermé et verrouillé. Le courant électrique était comme tous les soirs coupé et neutralisé. C'est moi-même en arrivant qui ai reconnecté tout le site. Putain de merde, j'ai beau ressasser tout cela dans ma tête, c'est pas croyable ce truc ! La gendarmerie devrait arriver d'ici une dizaine de minutes maintenant.

Quelques minutes après, ladite gendarmerie arriva et se plaça tout de suite sur le parking visiteur. Il faut avouer que cette fois-ci, ils n'avaient pas lésiné sur leur déplacement de grades. Le Maréchal des Logis Christine Legris était accompagné de l'adjudant-chef Bernardin et du brigadier Ledoux Claude.

Arrivant au-devant de Laporte, celui-ci leur adressa la parole :

— Je vois que vous avez fait diligence !

— Monsieur, je vois que la plupart de votre personnel semble regroupé devant vos bureaux. Bonne initiative car maintenant plus personne ne doit s'absenter de la scierie sans notre accord. Nous allons immédiatement à l'endroit où gît la victime. Personne n'a rien touché, ni déplacé quelque chose, j'espère ? La scientifique ne devrait pas tarder.

— Non, rien de touché ou de déplacé, nous vous attendions.

Laporte fit signe à Courteix de les accompagner ainsi que Clément qui avait été le premier à découvrir le corps.

— Attendez quelques instants, je passe la consigne au brigadier Ledoux de ne laisser sortir personne et d'éloigner à distance respectable les incorrigibles curieux qui ne vont pas manquer de s'agglutiner. Que tous ces travailleurs se tiennent à disposition de la police criminelle, dès qu'elle arrivera. Peu avant neuf heures, le patron de la recherche scientifique arriva à bord d'une Mégane bleu roi.

La procureur madame Christine Sablon la suivait dans une Citroën CS, juste avant le médecin légiste docteur Pierre Lemarchand ne gare son véhicule. Le fourgon de la scientifique, avec ces deux techniciens, ferma ce défilé. Tous les emplacements du parking étaient occupés. Dix minutes plus tard, c'était la voiture des pompiers qui arrivait.

Après les constatations autour de la victime, la substitute demanda au commandant Rossignol :

— Pourrions-nous nous mettre à disposition un bureau ou une petite salle, s'il vous plaît ?

— Pas de problème, nous vous laissons la salle de repos, elle sera adéquate à votre travail, vous y serez à l'aise.

Edmond Courteix leur signifia qu'il allait leur fournir le listing de tous ses employés, ainsi que leur fonction. L'adjudant Bernardin prit la parole :

— Nous allons commencer l'interrogatoire par celui qui a découvert le corps de la victime ; Clément, si je ne me trompe pas.

Poursuivant la discussion ; la substitut Sablon annonça la couleur :

— Il faudra que l'ensemble du personnel reste très discret et s'engage à ne pas divulguer de détails de ce fait divers. Aucune information ne saurait être tolérée en dehors des enquêteurs.

Derrière la barrière de sécurité, chaque curieux y allait de sa théorie sur ce qui se passait à la scierie. Avec tous ces gendarmes, les pompiers sur le terrain, c'est peut-être un accident du travail ! Nom de dieu, il y a vraiment beaucoup de gens qui s'agitent en tous sens, cela doit être très sérieux, très grave !

Devant leurs interrogations, un gendarme répondit :

— Mesdames, messieurs, s'il vous plaît, circulez ! De toute manière, il n'y aura aucune déposition officielle pour le moment.

Un des plus curieux vindicatifs :

— Nous voudrions en savoir un peu plus tout de même : les ouvriers de la scierie sont des gars d'ici ou des proches aux alentours, vous comprenez ?

— Messieurs, je vous réitère que rien ne sera annoncé officieusement tant que les premiers éléments de l'enquête ne soient clôturés.

D'accord ! Seulement entre-temps rien ne pourra empêcher divers ragots aller bon train.

La substitute s'étant avancée :

— À tous ceux ou celles qui se sont réunis spontanément, je tiens à vous dire ceci : dès que les techniciens de la scientifique auront consigné toutes leurs recherches concernant l'enquête, nous donnerons le feu vert à tous les médias avides de scoop, « La Montagne », radio France Bleue, ceci afin d'éviter les fausses rumeurs ! Pour le moment, ce sera tout.

Au même moment, un véhicule d'un certain standing se présenta devant la barrière de protection.

Chapitre 4

Le légiste

Le directeur de la scierie alla à sa rencontre ; et, s'adressant aux curieux agglutinés ou à certaines personnes très inquiètes :

— Laissez le passage, s'il vous plaît, c'est le médecin légiste !

Le gendarme de faction entrouvrant le passage entendit une voix s'écrier :

— Un médecin légiste ? il doit sûrement y avoir un mort !

Aussitôt, Christophe Laborde prit la parole :

— Allez, dispersez-vous ; je peux vous annoncer, car j'ai le droit de parole sur ce sujet, qu'aucun employé de l'entreprise n'est une victime, ni qu'aucun n'est atteint de blessures quelconques. Si vous désirez en savoir davantage, reportez-vous à vos médias habituels et même du bouche-à-oreille, pourquoi pas ! Faites comme d'habitude, triez la part de vérité des suppositions très mensongères, parfois inventées. Je vous remercie !

Le médecin légiste, en revanche, n'avait pas perdu son temps, lui ! Tous ses relevés étaient consignés sur son dictaphone.

Une bonne dizaine de minutes après avoir ausculté la victime, il appela la substitute.

— Madame le Procureur, bien que le côté assez théâtral ne soit en vérité très macabre, je peux vous certifier que cette personne n'a pas été tuée ici ; même pas la découpe dans ce lieu.

— Mais encore ?

— Regardez autour de vous : il n'y a aucune trace de sang, alors que cette personne a été sciée en deux parties pratiquement égales. Si nous comparons son gabarit dans son mètre quatre-vingt-cinq, son corps devrait être alimenté par six litres de sang, minimum ! Surtout en regard de son poids qui devait frôler les cent vingt kilos ! Le sang aurait dû être projeté tout autour. Seulement, nous ne repèrerons aucune trace sur les rouleaux ni sur la lame de la scie à ruban.

— Ah, madame le procureur, autre chose ! Vous ne remarquez rien ? détaillez ses chevilles !

Devant le regard largement crédule et interrogatif de la magistrate : regardez bien, nous distinguons sur la partie extérieure, assez nettement d'aillleurs, comme de légères lésions qui nous font penser à la trace d'une cordelette ; nous pouvons envisager que la victime aurait été ligotée sur tous les membres inférieurs.

— Mais pourquoi les pieds et aucune marque sur les poignets, car il n'y a aucune marque sur ceux-ci !

— Je me suis penché sur cette énigme !

— Et ?

— J'en ai déduit ceci, mais cela reste à vérifier après l'autopsie évidemment. Donc, cela pourrait prouver que cet homme a été suspendu par les pieds, la tête en bas.

— Hein ? et pourquoi ?

— Cela sera aux enquêteurs de nous le dire.

— Mais c'est atroce !

— Je vous l'accorde. Cela n'est pas tout : j'ai également remarqué qu'il avait une incision bien nette d'ailleurs sur la carotide.

— Nous devons en conclure ?

— Que cette plaie bien dessinée devait être l'œuvre d'un scalpel ou bien simplement d'un cutter. Un cutter est bien plus facile à se procurer qu'un scalpel.

Le légiste, du coin de l'œil, observait la substitute et son blanchissement de visage.

Son attitude excessivement grave, elle tenait maintenant un mouchoir devant sa bouche. Son teint avait viré au teint gris vert.

Sans état d'âme, le légiste continua son exposé dans l'image propre à sa profession.

— Quand cette personne a fini de se vider de son sang, de son vivant bien sûr, le ou les meurtriers l'ont coupé en deux, mais de toute façon, ici à la scierie. Les dents de leur scie ne correspondent aucunement à celles utilisées sur cette personne.

— Pourquoi êtes-vous si affirmatif, docteur ?

— Les dents de la scie sont bien trop larges par rapport à celles qui a été utilisée. Elles n'auraient jamais été si précises, si nettes et auraient explosé les organes. Remarquez bien : aucun lambeau de chair ou de peau n'est sur la lame de votre scie. Ce qui me chagrine, madame, ce sont tous ces détails, vraiment très scabreux. Je vous l'avoue : les chairs des parties molles sont trop bien découpées, sectionnées avec une grande netteté.

— Vous en tirez quelle conclusion, docteur ?

— Pour le moment, pour moi, ces premières constatations me font songer à ceci : après avoir été saigné, votre gars a certainement été déposé dans un congélateur à très basse température.

— Congelé ? Dans quel but ?

— alors là, je ne puis vous répondre. Cela sera, une fois de plus, à résoudre après la lecture des analyses de l'autopsie. J'ai quand même une petite idée qui me trotte par la tête.

— Dites toujours !

— Je vous en dirai plus tard. Autre chose : je suis assez sceptique qu'une personne seule puisse réaliser l'ensemble des différentes étapes de cette saga morbide ; de l'aide à certainement été nécessaire.

— Oui, je vous l'accorde.

— Personnellement, je pourrais en déduire que le motif de ce dépôt atroce serait de nuire à la scierie d'Auvergne.

— C'est une hypothèse qui demande à être approfondie.

— Franchement, cette mise en scène tordue, vicieuse a été pensé par un quidam vraiment dérangé.

Christine Sablon tenait toujours son mouchoir devant son visage, bien qu'elle ait repris la couleur habituelle qui allait si bien avec la couleur gris-bleu de ses yeux.

L'adjudant-chef de la gendarmerie interrompit leur discussion : Docteur, madame, les brancardiers du funérarium souhaiteraient emmener les deux parties du corps.

— C'est bon pour vous, docteur ?

— Oui, pour moi, l'analyse plus profonde se réalisera bien mieux là-bas.

— OK, ils peuvent l'emmener. Nous, nous restons encore quelque temps avec l'équipe de recherche. Nous enquêterons auprès des employés de l'entreprise. Il faudrait inspecter de fond en comble tout ce site à la recherche d'éventuels indices qui nous auraient échappé. Pour nous, docteur, on se retrouvera à l'IML pour notre autopsie.

Le patron de la scierie s'adressa au procureur : madame, actuellement, nous nous heurtons à la vindicte syndicale, au sujet des interrogatoires et de la liberté d'autrui. Je conviens que c'est un sujet vraiment scabreux.

La substitute, s'adressant à l'adjudant Bernadin : on ne m'enlèvera pas de l'idée que le ou les criminels connaissaient assez bien les lieux et savaient comment y pénétrer. Peut-être avaient-ils un complice en interne, parmi le personnel. Pourvu que l'enquête nous en dise plus...

Chapitre 5

En pleine enquête

Après quarante-huit heures d'investigation, du classement des maigres indices et devant la complexité de l'horreur du crime de la scierie, l'adjudant-chef Bernadin avait reçu un renfort en la personne de l'inspecteur principal Vincent Rivière. Celui-ci avait été nommé pour reprendre la direction des recherches de la victime. Il dépend, avec l'assistance de la gendarmerie, directement du parquet de Clermont-Ferrand. Avant d'être sur le terrain, il a commencé par l'étude des rapports officiels sur ce drame.

La scierie avait été mise au chômage technique pendant deux jours et avait repris ses activités à partir du mercredi matin. En pleine lecture des rapports, les deux OPJ, gendarmes, inspecteurs, sursautèrent : c'était la sonnerie du téléphone ! Ils entendirent la voix du standard : messieurs, c'est madame la substitute.

— Nous la prenons, merci.

— Inspecteur Rivière ? (Voix autoritaire)

— Lui-même, je vous écoute madame.

— Inspecteur, où en êtes-vous sur l'affaire de la scierie d'Auvergne ?

— Actuellement, nous terminons l'étude des rapports. L'adjudant-chef a auditionné individuellement tout le personnel de la société. Nous avons ciblé un certain portrait-robot à partir de deux éléments du visage. Apparemment, personne ne l'avait reconnu. L'équipe des enquêteurs déployés dans le secteur était revenue bredouille : personne capable de l'identifier !

— Et du côté de l'IML, il en est ressorti quelque chose de concret ?

— D'après leur rapport que nous avons reçu ce matin, les empreintes et les recherches d'ADN ont parlé.

— Au moins une bonne nouvelle dans ce brouillard ; continuez !

— Apparemment, il s'agirait du sieur Lafitte Bernard, quarante-six ans et connu de nos services.

— Pour quels motifs ?

— Pour racolage sur la voie publique et trafic de drogue genre cocaïne. D'un autre côté, nous nous heurtons toujours au pourquoi du choix de la scierie d'Auvergne. Cependant, il n'affichait aucune forfanterie dans la région. Son lieu de prédilection était un petit îlot de bâtiments autour d'une fermette, du côté de Thiers. Il n'y allait qu'épisodiquement, surtout l'été, aux beaux jours. Le reste de l'année, il le passait là-bas, dans la capitale de l'Auvergne.

— Bien, beau travail ! Autrement dit, il venait dans le secteur se mettre au vert. Ces nouveaux renseignements vont peut-être faire progresser l'enquête.

— Sur le rapport de l'IML, le légiste a confirmé que l'exécution s'était bien déroulée dans la période du week-end. Pour lui, toutes ces horreurs ont été réalisées en clos fermé. Il aurait été étonnant que ceux-ci se soient déroulés en extérieur avec tous les risques encourus : découverte par quelques promeneurs, attirés par l'odeur du sang. N'oublions pas Lafitte qui a été pendu et saigné. Également, il a été confirmé qu'il a bien été exposé à un froid intense, certainement un congélateur d'abattoir. Cela a dû s'effectuer dans la nuit de samedi à dimanche dernier et découpé dans la foulée, une fois congelé.

— Notre interrogation actuelle est de connaître l'endroit où ces agissements se sont déroulés. Le légiste pencherait plutôt vers un laboratoire. Bref. Nous ne serons pas au chômage de sitôt. Pour la victime, nous devons continuer à enquêter sur son passé et ses relations. Quelqu'un devait avoir beaucoup de haine envers lui pour justifier cet acharnement.

— Remarquez bien que Lafitte devait collectionner bien plus d'ennemis que d'amis. Combien de pistes de suspects devraient nécessiter une enquête approfondie ? Toutes les hypothèses sont permises : drogue, trafics en tout genre, proxénétisme, corruption, chantage, jeux, paris clandestins... Tout doit y passer. Noter homme ne semble pas être un perdreau de l'année. Nous allons également retourner du côté de la scierie pour des regroupements avec le personnel pour d'éventuels complicités.

— Bien. Continuez dans cette voie. Dès que vous semblez progresser ou si vous avez besoin de commission rogatoire pour des perquisitions, ou autre motif important pour l'avancée de l'enquête, faites-le moi savoir immédiatement. Allez, bonnes recherches !

2ère partie

Chapitre 1

Le feu dans la nuit

Cette nuit-là, une dame âgée et insomniaque, qui logeait dans un hameau juste derrière la villa d'une petite cité pavillonnaire, méditait appuyée au rebord de sa fenêtre. Elle avait toujours eu un manque de sommeil chronique. Machinalement, elle regardait dans le paysage les ombres formées par les petites bâtisses. Cela donnait de très agréables reflets sous la lueur blafarde de la lune.

Tiens, tiens ! Elle s'étonna de voir une silhouette furtive de genre masculin. Elle s'aperçut que cette personne donnait l'impression d'hésiter quelques secondes. Puis, avec un geste de bras tournoyant, un grand plouf perça le silence accentué par la nuit Un objet assez volumineux venait de rompre la surface de l'eau du canal.

Cette personne regagna vivement les ensembles immobiliers de la petite cité et disparut pas très loin de la villa de la vieille dame. Cinq minutes plus tard, la retraitée eut la frayeur de sa vie : une terrible explosion secoua ses vitres et la projeta à l'intérieur de la chambre. La panique passée, elle rassembla le reste de courage et de curiosité et revint à sa fenêtre (peut-être même que cette fenêtre étant ouverte, les bris de glaces ont été évités).

La vision du panorama fut dantesque : la villa était un immense brasier. Sans plus attendre, elle appela le 18. Les pompiers lui répondirent qu'ils avaient déjà été avertis. Les véhicules d'incendie se dirigeaient actuellement vers le point d'intervention. D'ailleurs, elle entendit au loin les deux tons caractéristiques.

Les soldats du feu ne perdirent aucune seconde et déroulaient déjà leurs lances à incendie. Les services de police, devant l'intensité du foyer, délimitèrent une zone de sécurité. L'inspecteur de service suait à grosses gouttes : il n'était plus un sportif accompli, mais devant la fournaise de l'incendie se retourna vers un pompier volontaire et s'esclaffa : je ne sais pas si nous allons en venir à bout rapidement, mais je n'ai rien vu de pareil, un vrai feu d'enfer. Devant la densité des flammes, l'inspecteur demanda à tous les gens présents de reculer de plusieurs mètres. Cet ordre fut le bienvenu car, juste après, le mouvement de recul fut accompli, une deuxième explosion retentit. Deux pompiers se retrouvèrent cul à terre ! Des gerbes de tisons enflammés n'avaient rien à envier aux feux du 14 juillet !

Au petit jour, après avoir lutté plusieurs heures pour protéger les habitations bien trop proches, l'incendie était maîtrisé ; quelques fumerolles se montraient de temps à autre.

L'OPJ Rivière vint sur les lieux.

— Au fait mon adjudant, vous désiriez me dire quelque chose tout à l'heure ?

— Ah oui ! C'était à cause de l'expression que vous avez employée : « un feu d'enfer ».

— Pourquoi ?

— Cela m'a rappelé une image d'un certain personnage… C'était avant-hier : un homme est passé dans le hameau style prédicateur de rue ; il avait une allure assez mince. Mais peut-être l'avez-vous rencontré ?

— Il me semble bien. Un personnage assez nébuleux. On l'aperçoit parfois dans le secteur. Je mettrais presque ma main au feu - si la chose est à dire dans ces conditions – que cette maison réduite en cendre pourrait lui appartenir. Son nom m'échappe, c'est… ! Mais de toute manière, j'ai horreur de ce genre d'olibrius qui se prend pour un messager de là-haut ou plutôt du diable ! Comme je l'ai envoyé se voir ailleurs, en partant il m'a simplement crié : Dieu lancera contre vous tous les feux de l'enfer !

L'inspecteur resta un bon moment stoïque.

— En somme, vous pensez qu'il pourrait avoir le bras de l'Eternel ?

— Non pas ! Allez, je vais faire quelques investigations pour effacer ce genre de conneries. Tiens, voilà l'équipe de recherches scientifiques qui est maintenant sur place, comme je leur avais demandé. Maintenant, laissons la place à ces messieurs. Ils vont s'occuper des bouteilles de gaz qui ont explosées !

Le quadrillage du sinistre se dessina. Chacun dans son proche carré éplucha, retourna, cribla encore et encore chaque tison encore fumant, tout en prenant les notes nécessaires.

Avançant par cercles concentriques, un enquêteur resta un bon moment immobile au même endroit. Il planta un piquet avec un numéro et héla le responsable de l'équipe qui était accompagné du médecin légiste.

— Chef, venez vérifier vous-même, je pense avoir trouvé quelque chose d'intéressant.

Dans leur tenue de protection, ils arrivèrent au pas de gymnastique. Le légiste dessina autour d'une forme confuse un dessin dans les cendres. Il s'avéra qu'elle avait le profil d'un être humain. Après avoir creusé une rigole autour de cette découverte, celle-ci ressemblait de plus en plus à la dépouille calcinée d'un corps humain.

— Il donna des directives aux brancardiers mortuaires de faire transporter ledit corps à l'institut médico-légal avec grande délicatesse.

— Docteur, croyez-vous malgré l'état du corps calciné de la personne, que son ADN parlera ?

— Je ne peux pas l'assurer, inspecteur, mais dernièrement avec l'avancée des techniques, il est fort possible que la recherche nous indique un côté positif. Je vais vous faire un rapide topo sur leurs dernières recherches. Je vous expose sur ce qui était il y a encore peu de temps et qui n'est plus tout à fait réel. L'idée que l'on ne peut effectuer des tests ADN sur une personne calcinée était répandue en raison de faits assez tangibles. Les brulés étaient perçus comme un processus qui détruisait les empreintes génétiques, laissant supposer qu'aucun élément génétique ne sera adéquat.

Cependant, grâce aux avancées techniques, il est dans la possibilité d'identifier un ADN avec des échantillons de cendres ou de restes humains, ouvrant ainsi de nouveaux horizons pour les familles qui recherchent in espoir de lien significatif avec un parent décédé.

Aujourd'hui, les laboratoires se spécialisent dans l'extraction de cet ADN sur des bases d'incinération ou de centres humaines et également sur certaines dents.

Ces composants sont souvent altérés par les flammes ou par des chaleurs intenses, mais elles peuvent rarement contenir des éléments pour une analyse génétique

Les restes des cendres résultantes de la crémation se composent de phosphates et calcium et de quelques minéraux. Ces derniers ne contiennent pas suffisamment d'ADN et ne conviennent pas pour effectuer des tests. Cela sera donc très ardu d'isoler un acide quelconque, mais ce n'est pas systématiquement exact.

— Docteur, j'ai écouté votre exposé et je ne suis pas plus avancé par cela. Seule la piste d'une certaine personne nous intéresse mutuellement. C'est vrai que seules les pulsions criminelles ont réellement changé. Cette personne pourrait être surnommée « l'anguille ». Où se trouve-t-elle actuellement ?

— Pas très loin, puisque cet homme a été aperçu rodant aux alentours ces jours-ci. Avec son style élancé, style pompes funèbres, il ne devrait pas rester inaperçu bien longtemps. Souvent, je le suis à la trace et il disparait aussitôt pendant quelques temps et réapparait plus tard dans ce secteur. Je ne peux pas le certifier mais la villa qu'il vient de brûler serait l'habitation de sa mère ou bien de sa sœur.

— Vous croyez qu'il est l'auteur de cet incendie ? Il n'est pas parvenu à ce degré de folie tout de même !

— Qui sait ?

— C'est toujours agréable de vous entendre, docteur !

— Tiens donc ! (avec le sourire), je me souviendrai facilement de ces paroles, inspecteur Rivière !

Chapitre 2

A la recherche de l'anguille

Toute l'organisation des recherches était sur le qui-vive ; il fallait du réel, faire du porte-à-porte... Quelques personnes dignes de foi semblaient avoir aperçu cette personne assez longiligne errer dans les parages. Son langage était restreint, à part quelques prédications sur des sévices corporels et la purification par les flammes de l'enfer.

L'inspecteur ne pouvait qu'enregistrer toutes ces anecdotes verbales ; tut tournait en rond sans pouvoir ressortir quelque chose de concret. Le big boss, en voyant le rapport de la journée d'enquête restée vierge, va leur souffler dans les branches ! Mais par où commencer, quel détail fera tilt ?

La sonnerie du téléphone de l'inspecteur grésilla : la médecin légiste ! Le cœur de l'OPJ fit un bon dans sa poitrine. J'espère qu'elle m'appelle pour des trouvailles positive, que je puisse écrire quelques lignes de prose dans mon rapport journalier.

— Oui, docteur, je vous écoute.

— Voilà inspecteur : toute mon équipe s'est attelée à vos recherches urgentes, comme vous me l'aviez demandé. C'est bien parce que c'est vous monsieur Rivière !

— Autrement dit, je vous dois un repas.

— Ah que nenni, inspecteur !

— Comment ça ?

— Avec les arriérés, ce sont quatre repas que vous me devez !

— Hein… ?

— Vous avez la mémoire courte !

— Bon d'accord, maintenant je vous écoute très sérieusement.

— Ne sautez pas trop haut. Mais vous devez être né sous une bonne étoile car vos recherches sont assez positives !

— Yes !

— Doucement, car ce que nous avons isolé nous conduit certainement vers une impasse, à notre niveau, c'est sûr !

— Dites toujours !

— Les seules concordances ont été celles que l'on a pu ressortir des ruines calcines de la maison.

— Si ces empreintes étaient dans la maison, elles pourraient appartenir à Dominique Carbonnel. Si vous pouviez intensifier vos recherches dans ce secteur, je vous en saurais gré !

— D'accord, mais n'oubliez pas nos dîners, un de ces soirs de préférence, car dans la journée, je suis trop affairée actuellement, surtout par un certain inspecteur ! Alors à très bientôt !

Retour auprès de son équipe : Eh, les gars ! La victime de la villa calcinée pourrait s'appeler Dominique Carbonnel. Alors dans l'immédiat, ciblons l'enquête sur cette personne et recherchons l'ensemble de son pédigrée : identité, ancienneté de son activité, manies, … L'incendie dans la villa ne s'est pas déclaré tout seul ; l'adjudant des pompiers s'active sur les accélérateurs possibles utilisés. On aura enfin quelques billes pour nos rapports. On avance doucement, mais on avance !

Sur ce, il retourna voir la voisine qui semblait avoir tout vu dans ce soi-disant voisinage, juste avant l'incendie. Tout à coup, il lui revint un détail que ce témoin lui avait confié : l'ombre entrevue avait jeté un objet assez volumineux dans le canal. Je vais toujours lui demander si elle se souvient de l'endroit exact ou ce lancer a été effectué. Dix minutes plus tard, l'inspecteur Rivière sonna à la porte de la vieille dame, témoin visuel de la nuit précédente. La porte s'ouvrit : Rebonjour, madame !

— Bonjour monsieur ?! Ah cela me revient, c'est vous qui m'avez questionnée cette nuit, au sujet de l'explosion d'en-face ?

— Exact

— Et vous revenez pour la même raison ou pour autre chose ?

— Vous avez raison madame, cette nouvelle visite sera de faire appel à votre mémoire.

— Et qu'est-ce qu'elle a ma mémoire ?

— Rien de spécial, rassurez-vous, bien au contraire ! Reconnaitriez-vous l'endroit exact où vous avez remarqué cet individu balancer quelque chose qui semblait assez conséquent dans le canal ?

— Si je me souviens ? eh bien oui, mon petit gars ! Tenez, suivez-moi à 'étage, dans ma chambre.

L'inspecteur lui emboita le pas. Une fois arrivé, elle se dirigea tout de suite vers la fenêtre ; de celle-ci, elle lui montra l'endroit d'où avait été jeté le paquet. Vous voyez là, entre les deux maisons, la ruelle donne obligatoirement sur le canal que vous apercevez. Vous ne pouvez pas vous tromper.

L'inspecteur Rivière prenait des notes et les accompagnait de croquis naïfs qui expliquaient l'endroit exact du lancer. Je vous remercie infiniment madame, ces détails nous seront certainement très, très utiles.

— Un café, commissaire ?

— Inspecteur principal seulement. Pour le café, je vous remercie, mais maintenant, il me faut absolument passer des consignes à mon équipe et contacter la fluviale pour draguer le canal à l'endroit précis pour récupérer le colis et connaître son contenu. Serait-il étroitement lié à l'explosion et l'incendie de la villa ?

Cette pensée l'émoustillait au plus haut point. Et si cela le conduisait à une inévitable impasse ? Sur le champ, il appela la fluviale, qui pour ce genre de recherche était au top.

Chapitre 3

Convocation au parquet

L'équipe de l'inspecteur Rivière avait reçu en bonne et due forme, une convocation du parquet, pour une mise au point sur tous ces crimes perpétrés dans la région.

Le dernier méfait avait tout changé dans la façon de procéder : par le feu ! En revanche, il faudra attendre le complément d'enquête du légiste, afin de savoir si la personne calcinée du pavillon était décédée avant ou après le déchaînement des flammes.

Tous les échelons de la police sont concernés. Vu la tendance studieuse de ceux-ci, la procureure prit la parole : Mesdames, messieurs, nous sommes rassemblés pour établir un topo sur les tragiques évènements intervenus dans notre juridiction.

— Inspecteur Rivière, de votre côté, où en êtes-vous exactement, car il me semble avoir perçu qu'il pourrait y avoir un lien entre les scieries et la villa qui a brûlé cette nuit.

— Ce n'est encore qu'un rassemblement d'indices qui permettraient de le supposer.

— Voilà ! A chaque évènement criminel, une silhouette apparait, furtive, fuyant, ne s'attardant jamais très longtemps. Dans les endroits définis.

— Selon vos témoins, elle serait comment cette ombre ?

— Au maximum un mètre quatre-vingts, de corpulence mince, vêtue de vêtements sobres, assez foncés. De plus, quoi qu'un peu restreint, son langage s'apparenterait facilement à celui d'un prédicateur, que je mettrais au rang d'une personne un tantinet dérangée.

— C'est tout ?

— Actuellement, dans l'enquête sur la villa brûlée, la fluviale drague le canal, car un objet peut-être assez pesant y a été jeté.

— De quelle nature, cet objet ?

— Pour le moment, c'est à la fluviale de nous le dire. Cela ne tardera pas, je les connais.

— Je le souhaite, car si cet objet a été balancé à la flotte, quelques minutes avant l'explosion incendiaire, c'est peut-être à cause de son côté compromettant pour une éventuelle enquête.

— C'est bien pour cela que j'ai fait appel à leurs services, répliqua Rivière ! C'est le lien le plus concret que nous ayons, après la silhouette de notre personnage, si furtive qu'elle soit !

— Souhaitons-le.

— Je désirerais également vous dire que la même silhouette a été vue au milieu des groupes de badauds qui s'agglutinaient aux alentours des deux scieries.

— Inspecteur Rivière, effectuez des recherches sur les faits et gestes de cette ombre qui me semble vraiment très présente aux environs de ces faits divers macabres.

Chapitre 4

Canal, dossier

L'inspecteur principal Rivière se tenait au bord du canal. Ses mains dans les poches de son parka, col remonté, il scrutait la surface de l'eau, là où les bulles de la respiration des plongeurs explosaient.

Au bout de quelques minutes qui semblaient une éternité d'attente, un homme-grenouille refit surface. Il ôta son masque et ses tubes respiratoires ; il s'agrippa tant bien que mal à une excroissance du terrain. Il hocha la tête : nous n'avons rien trouvé d'intéressant pour l'instant, à part une carcasse de bécane.

Après une période de réflexion, la mine renfrognée, l'inspecteur lui conseilla d'explorer encore et encore tous les alentours dans le sens du courant. Puis, pour lui-même : il doit bien y avoir quelque chose ou la vieille nous a raconté des conneries. Je serais déçu si c'était ça.

Le plongeur partit rejoindre son collègue munit cette fois-ci d'un projecteur étanche. Il reprit ses recherches en ratissant de plus en plus large.

L'inspecteur enchaina une discussion avec l'assistance des plongeurs qui surveillait également la surface du canal, où l'eau s'écoulait tranquillement. Puis deux têtes émergèrent. Les hommes-grenouilles agitaient un genre de cabas foncé : la voisine d'en face ne s'était pas trompée !

Impatient, l'OPJ s'en empara et farfouilla à l'intérieur. Des vieux papiers tout trempés et dégoulinant de flotte étaient entassés dans un classeur marron. Malgré le violent désir de savoir ce qu'il en ressortait, il préféra les confier le plus rapidement possible à la scientifique. Celle-ci pourra certainement retrouver des empreintes et déchiffrer leur contenu après séchage. Ce sera probablement un élément déterminant pour son enquête.

Sans qu'il s'en rende compte, la nuit faisait son apparition et les lampadaires prenaient le relais. L'inspecteur jeta un regard à cette ruelle montante : en dehors de lui, personne ! Les fonctionnaires de la fluviale rangeait leur matériel et allait plier bagage. Leur brigadier, armé d'un calepin, prenait des notes qui lui servirait plus tard à rédiger le procès-verbal de son intervention. Cette fois-ci, Rivière optimiste, espérait que l'analyse du cabas donnerait un sens à toute cette histoire. En revanche ; d'autres questions venaient toujours l'asticoter : qui avait jeté ce sac dans le canal, pourquoi ? Que contenait-il de si compromettant pour essayer de le détruire ? Un grand nombre d'hypothèses se neutralisaient d'elles-mêmes. Donc, un élément essentiel à l'enquête lui faisait défaut : mais quoi ? La réponse serait-elle dans le cabas. Pour l'instant, il pataugeait dans une mélasse conséquente et avait le sentiment de tourner en rond, d'aller au-devant d'un échec.

Bon gré, mal gré, il téléphona à la substitute afin qu'elle soir au courant de la récupération d'un sac de documents qui furent confiés à la scientifique.

Chapitre 5

En toute décontraction ?

Confronté à tous ces faits macabres, l'inspecteur se creusait les méninges : les corps dans les scieries et le congélateur, puis maintenant celui calciné de la villa. Une villa qui datait un peu mais tout de même. Cette personne dans les cendres, qui était-elle ? Quelqu'un de proche d'un certain Victor ou autre ?

Toutes ces informations en suspend l'amenèrent devant les ruines encore fumantes. Une odeur de caoutchouc brûlé accompagnait celle fétide de chair calcinée. Ces questions traversaient une nouvelle fois son subconscient.

Tout en réflexion, il rejoignit son véhicule de fonction, en souhaitant que la scientifique puisse déchiffrer ces fameux documents sortis du canal. Malgré l'heure, il se dirigea vers la gendarmerie de Thiers pour consigner toutes les annotations de la journée, puis il rentra chez lui, toujours avec son véhicule de service car il était toujours d'astreinte, jusqu'au lendemain matin. Il s'arrêta à la librairie. La libraire lui demanda : comment se porte l'industrie du crime en ce moment, inspecteur ?

— Oh vous savez, nous ne sommes pas près d'être au chômage.

Rivière gagna le rayon science-fiction et pris le dernier Willy Maltère, pivota sur ses talons et avec le sourire satisfait, regagna la caisse près de la sortie et paya. La libraire le connaissant savait que l'OPJ n'était pas un grand bavard. Revenu à son domicile, dans la boîte aux lettres, une enveloppe l'attendait. Un petit creux à l'estomac l'avertit qu'il fallait se restaurer ; alors, il farfouilla dans le frigo et s'empara d'une cuisse de poulet déjà grillée. Le mot « poulet » le fit rire ! Il sorti un couteau, profitant en même temps pour décacheter son courrier : que des listes de partis de l'opposition, de la majorité pour les prochaines élections des députés. Hop, au panier !

Le lendemain, comme c'était la règle, il se rendit à l'antenne de l'IML pour assister à l'autopsie du corps de la villa.

Il n'avait jamais beaucoup aimé ce genre de boulot, seulement, pour les besoins de l'enquête, cela était nécessaire. Il pouvait dresser des barrières de protection entre lui et la série d'évènements qui s'en suivrait. Sur la table de l'institut, les défunts perdaient le peu de dignité qu'il leur restait.

Le légiste glissa ses doigts larges et trapus dans des gants transparents mais rigide. Il marmonnait régulièrement certaines phrases inintelligibles lorsqu'il décelait quelque chose d'important. Il ne faisait pas de ses découvertes que s'il était certain de ses conclusions. Poucette raison, l'inspecteur prenait son mal en patience et restait zen.

Le légiste daigna enfin parler : sur mes premières conclusions, cette personne calcinée serait de sexe féminin et ne serait pas morte à cause de l'incendie. Il n'y avait aucune trace de dioxyde de carbone dans le système respiratoire. En revanche, elle est passée de vie à trépas par un infarctus du myocarde ! Voilà pour les toutes premières constations, en attendant les examens complémentaires. Pour l'inspecteur Rivière, cela lui enlevait une belle épine du pied, avec un ouf de soulagement.

Le légiste ajouta : l'infarctus a été foudroyant, aucune chance de s'en sortir !

Rivière, de retour, fit grincer les vitesses de son véhicule et s'engagea de manière assez brutale dans la circulation de fin de matinée, ses méninges en pleine activité. Cette femme décédée d'un infarctus était-elle vraiment apparentée à ce Victor Vivement les conclusions finales de la scientifique, que je puisse relier toutes ces lugubres péripéties entre elles. Il faut regrouper les pièces du puzzle sanglant et surtout leur trouver un sens réel. Il avait beaucoup de mal à l'avouer. Combien de fois avait-il essayé d'entrevoir les choses sous un angle différent, de se trouver des excuses pour les circonstances disparates, l'amenant vers une sortie honorable ?

Malgré tout cela et quelques épisodes de blues, ça le confortait dans sa volonté de résoudre cette énigme. Hier, les scieries, aujourd'hui le feu de la villa ; il se dirigeait vers une même origine.

Et ce Victor, on le croit ici, il est ailleurs, mais toujours présent sur les lieux incriminés : meurtre, incendie... Son ADN (si c'est le sien) a été retrouvé à différents endroits, parfois même simultanément. Rivière se demander sur quoi il butait. C'était bien la première fois qu'il avait un tel nœud de vipères dans ses enquêtes. Il avait beau retourner dans tous les sens, rien ne sortait.

Il avait un grand besoin de faire le vide dans ses réflexions, puis revenir sur les questions en suspens, histoire d'avoir un horizon bien moins fuyant.

Il revint à la gendarmerie, afin de discuter avec les collègues, peut-être plaisanter, parler de sport, de femmes ! C'était certainement la seule thérapie contre la morosité ; plus tard, il lirait un bouquin s'il n'était pas crevé intellectuellement.

Chapitre 6

Une deuxième personne ?

Sa journée terminée, Rivière décompressait en parcourant son roman de science-fiction, avec comme ambiance les douceurs de musiques reposantes.

Pourtant, bien assis dans son fauteuil, il ne fit qu'un bond : la sonnerie de son téléphone venait de casser sa quiétude, toute feutrée. Enervé, il s'entendit répondre : oui, c'est pour quoi ?

— Chef, comme vous êtes de permanence, je me suis permis de vous tenir au courant : vous avez reçu du courrier, il est sur votre bureau avec une annotation sur l'enveloppe : Urgent !

— Son origine d'envoi ?

— Institut médico-légal.

— Ok, je vous remercie.

Voilà, sa soirée en toute décontraction s'écroulait ! Que pouvait raconter ce courrier ? s'il n'allait pas le chercher, il passerait sa nuit à s'interroger sur son contenu. Tant pis, il passa dans sa chambre se rhabiller en tenue de sortie.

Plus tard, après avoir salué le service de garde, il rejoignit son bureau, impatient de déchiffrer le message. Fébrilement, il le décacheta et ignora les en-têtes, les formules de politesse, il put lire ceci : d'après l'analyse et l'identification de la personne brûlée, il s'avère que celle-ci était la propriétaire du pavillon en question. Par conséquent, nous avons pu également retrouver son identité : elle s'appelait Francine Carbonnel.

L'inspecteur, bien que satisfait du nom de la victime, resta bouche bée. Puis, en extériorisant ses sentiments : enfin une entrée en matière plus que satisfaisante. Tout commence à se recouper. C'était certainement une personne toute proche de Victor, comme sa mère. Maintenant, il reste à savoir où il se trouve. Les dires des différents témoins le signalent souvent à plusieurs endroits différents et pratiquement aux mêmes moments. Une énigme trouve sa solution quand une autre commence. L'inspecteur avait tout de même quelque chose à faire mijoter : la procureure. Ce n'était pas grand-chose, mais c'était comme un nouveau départ pour finaliser le puzzle. Sur ce, il rejoignit son appartement, le cœur un peu plus léger, plus guilleret.

Une fois de plus, il élabora de nouvelles suppositions et dédaigna une fois de plus les pages de son roman. Cette nuit blanche, il allait bel et bien la passer, mais cette fois-ci, avec l'optimisme d'y voir un peu plus clair. Sur ce, il s'endormit, l'esprit moins pesant.

Au petit matin, sortant de la salle de bain, c'est avec un engouement retrouvé qu'il sortit faire sa dernière journée de permanence. Cette fois-ci, le trajet lui parut bien plus court. Maintenant, il connaissait le lien entre les scieries et la villa.

Derrière son bureau, il recevait de ses collègues les dernières anecdotes et les derniers relevés des enquêtes de voisinage. Rivière posa toujours la même question : a-t-on retrouvé la trace du fameux Victor ?

— Toujours la même réponse : il est comme un renard fantôme. Les gens l'apercevaient ici, mais il était déjà ailleurs. Les traces laissaient par son ADN l'attestent.

— À chaque fois, c'est toujours la même chose. Comment parvenir à choper ce mec ?

Les enquêteurs présents se regardèrent les uns les autres : quelques haussements d'épaules et les mines dubitatives, aucune réponse.

— Sur ce sujet-là, aucune piste n'est à l'ordre du jour si je comprends bien. Au sujet du cabas remis à la scientifique, pas de nouvelle. : il est vrai qu'après un séjour en immersion, déchiffrer ne doit pas être si facile que ça.

Un OPJ prit la parole :

— À priori, cette femme Francine Carbonnel avait emménagé dans la maison il y a une paire d'années. Nous remontons son historique. Elle n'était pas répertoriée dans nos services. Les empreintes digitales et son ADN émanaient des services d'études d'Airbus de Toulouse. Tous les collaborateurs avaient un badge indiquant leur propre identité génétique.

Rivière se mit à griffonner sur son carnet quelques annotations comparatives, puis à l'encontre de ses collègues : il y a une chose qui m'a sérieusement trotté en tête, au début de nos enquêtes sur les scieries, c'est la présence d'une tierce personne, toujours la même. Devant les possibilités d'un être agissant en solo, c'est une deuxième personne qui revient au galop. En revanche, devant l'impasse où nous sommes, cette image revient sur le devant. Sommes-nous égarés sur la complexité de ces affaires. Je suis toujours interrogatif à ce sujet. Un deuxième intervenant, histoire de noyer le poisson, pourquoi pas…

— Inspecteur, excusez-moi, mais dans toutes ces énigmes, un autre suspect ne vient jamais étayer cette thèse.

— Exact ! Et c'est pour ça qu'il faut creuser dans cette direction. Et votre collègue Juillard devrait faire des recherches au journal « La Montagne ». Rien ne transpire pour le moment. Je vais le reconvoquer pour savoir s'il a trouvé quelque chose qui permettrait d'avoir autres choses que des suppositions. Nous avons quand même quatre cadavres dans nos dossiers et il faudrait que je donne un os à ronger à notre substitute.

Le téléphone se fit soudain entendre par deux fois : Rivière, c'est la proc, vous êtes là ? D'un signe de main, il libéra son auditoire et répondit : passez-la moi, j'espère qu'elle est de bonne humeur !

Chapitre 7

L'éclaircissement

— Oui, madame, Inspecteur Rivière : vous venez aux dernières nouvelles des enquêtes, je pense ?

— Exact inspecteur ! Quelle nouveauté avez-vous à me confier ?

— Rien de véritablement concret dans l'immédiat, Madame ; j'attends les résultats de la scientifique pour connaître la piste qui servait de jointure entre tous ces drames.

— Si je comprends bien, la scientifique ne donne pas signe de vie, secouez-les bon dieu, car demain je vais avoir le ministre sur le dos et je n'aime pas ça du tout.

— J'en suis très conscient, mais les bousculer un peu, ce n'est pas évident, car ils sont assez susceptibles ces gens-là ; il faut les prendre par la douceur. Je vais les rappeler, histoire de savoir où ils en sont.

— Oui, rappelez-les et tenez-moi au courant de leurs résultats, en espérant qu'il y en a.

— Je n'y manquerai pas !

La substitute raccrocha. En se parlant à lui-même : j'espère qu'ils ont trouvé quelque chose pour avancer. De suite, il héla l'accueil de faire le numéro de la scientifique.

Au bout de quelques minutes, une voix au bout de la ligne annonça : Brigade des recherches scientifiques, nous vous écoutons !

— Inspecteur principal Rivière : je me permets de vous appeler car je désire savoir s'il y a des progrès sur le déchiffrage des documents du cabas de la villa calcinée.

— Oui, comment vous dire : mes collègues ont longtemps planché sur certains vieux papiers qui étaient sérieusement abîmés par le poids des années et le passage dans un élément liquide.

— Alors ?

— Je crois bien qu'ils y sont parvenus et ils ont consignés leurs résultats dans leur rapport. Vous ne devriez pas attendre très longtemps avant de recevoir une copie. À épier leur attitude, je m'aperçois qu'il en est sorti des choses inattendues.

— Bien, je vous remercie, je suis impatient de connaître la teneur de leur déduction. Sur ce, il raccrocha et sortit sur le pas de la porte d'entrée respirer une grande bouffée d'air frais.

Son regard pourtant dans le lointain, il se remémora les paroles de la substitute : « secouez-les ». Elle a le bon rôle ! Puis son esprit erra sur l'esthétique corporelle de la substitute : il faut avouer qu'elle a un corps très séduisant. Les anciens auraient dit : à faire sauter les boutons de braguette ! Bon, mais il n'y a pas de bouton de braguette maintenant, c'est la fermeture éclair qui prime. C'est plus rapide ! Soudain, puisqu'il était parti sur un terrain féminin, il se mit à penser à Edwige, le docteur de l'institut. D'un seul coup, ces pensées n'étant plus dans la morosité, il décida de lui téléphoner pour l'inviter si possible ce soir, car il désirait faire un break dans ses gris-gris et s'évader en charmante compagnie.

À l'accueil, il posa ses consignes : je suis dans mon bureau, j'ai besoin de téléphoner en urgence ! C'est d'un pas accéléré qu'il rejoignit son bureau. En mode batifolage, assis cette fois-ci en toute décontraction dans son fauteuil, Rivière décrocha le combiné et fit le numéro de l'institut de recherche.

— Institut médico-légal, bonjour !

— Bonjour, inspecteur principal Rivière, hé le patron est-elle encore en service ?

— Ah non, elle vient juste de sortir à l'instant ! Attendez, elle revient : elle a dû oublier quelque chose.

— Madame, j'ai l'inspecteur Rivière au bout du fil, il vous demande.

— Merci Cathy, passez-le-moi dans le bureau.

— Inspecteur Rivière, que me vaut votre appel à cette heure extra travail ?

— Docteur, c'est à Edwige que je désirerais parler (il n'avait jamais prononcé son prénom de vive voix).

— Tiens donc ! et … ?

— Voilà : j'ai besoin de faire agir ma soupape de sécurité et de manière urgente !

— Et qu'attendez-vous de moi ?

— Edwige, si vous êtes libre ce soir, je tiens à vous inviter.

— Alors là, monsieur Rivière, vous me prenez au dépourvu !

— Je le sais bien, vous avez votre charge de travail et j'ai la mienne. Elle m'autorise à saisir quelques heures de relax. Et pour cette décompression, quoi de plus normal de la passer en votre compagnie, puisque je vous dois plusieurs repas ! Alors êtes-vous partante ?

— c'est bien à cause de ces repas que vous me devez que je vais dire oui ! Seulement, ce sera à moi de choisir l'endroit !

— Super ! Il nous reste à fixer l'heure et également à quelle adresse je passerai vous prendre.

— disons à 20h00 à mon adresse personnelle.

— Et où est cette adresse personnelle ?

— A Néronde-sur-Dore, juste à côté de la mairie.

— C'est noté, je serai présent à 20h00.

Un large sourire au visage, l'inspecteur se mit à chantonner le tube en vogue. Aux toilettes, il se dévisagea dans la glace et décida de rentrer chez lui se rafraîchir.

Passant dans le hall d'entrée :

— Je pars ! S'il y a un coup de Trafalgar, on peut me joindre sur mon portable !

Plus tard, vers 19h30, il partit en direction de Néronde ; il ne sera pas en retard, mais il aura le temps de calmer son impatience. Arrivé à destination, il se gare à côté de la mairie ; les minutes d'attente parurent si longues ! une silhouette sortie d'une demeure assez cossue : Edwige.

Cette fois-ci, c'est une femme resplendissante qui s'avança à sa rencontre. Rivière s'évertua à masquer son trouble, et après quelques mots échangés, il lui ouvrit la portière passager du véhicule.

Cette fois, il avait troqué la voiture de fonction contre la sienne, et bien plus luxueuse, sans aucune mesure avec celle du boulot et bien plus confortable.

En avant pour une soirée sympa et plus si affinités !

Chapitre 8

Le prédicateur

L'esprit encore un peu ailleurs, plus léger, Vincent Rivière, d'une enjambée déterminée monta à allègrement les marches de la gendarmerie de Thiers. Il rejoignit son bureau attribué le temps de ses enquêtes en cours.

Il salua tout son petit monde au passage, ce monde qui se questionnait sur son changement de dynamisme. Jetant ses affaires sur le bureau, il décacheta le courrier interne qui n'était pas de grand intérêt pour éclaircir les énigmes. De suite, il remarqua, provenant de la gendarmerie d'Oliergues, une déposition en bonne et due forme ; il s'en empara délicatement, omis les encarts d'usage et commença à lire : déposition de Monsieur Jérémy Rossignol : l'inspecteur dévora les lignes s'arrêtant au passage de détails intéressants (peut-être), ces idées furent au bord de l'implosion. Il lut et relut en boucle le passage ou le témoin mentionnait qu'au village d'Oliergues, il y avait une personne qui présentait apparemment un manque de cases cérébrales : il fréquentait souvent une petite salle et se parlait à lui-même. Souvent, une phrase lui revenait : « Dieu lancera contre vous tous, tous les feux de l'enfer ! » Voilà que cette réflexion revenait sur le devant de l'enquête. Cela ne pouvait être qu'une seule et même personne qui vociférait de telles inepties célestes. L'inspecteur voulut en savoir un peu plus et décida d'aller à cette gendarmerie enquêter sur cet énergumène. À l'accueil : « je suis parti à la gendarmerie d'Oliergues, vous pourrez me joindre sur le portable. » Il dévala les marches et rejoignit la voiture au parking. Tout en se dirigeant vers Oliergues, il ne faisait que ruminer sur ses paroles qu'il ressortait pour la deuxième fois. Se présentant à l'entrée de la gendarmerie : « bonjour ! » et le montra sa carte et demanda : « pourrais-je voir le commandant de la brigade s'il vous plaît ? » le planton l'achemina par l'intermédiaire d'un couloir très clair, dans un bureau flambant neuf. Il se présenta : inspecteur principal Rivière, j'ai bien reçu la déposition que vous m'aviez envoyée c'est celle d'un dénommé Jeremy Rossignol si ma mémoire est bonne. L'adjudant Massey, debout, lui serra la main et répondit : exact.

— Et ce témoin, il est d'ici ?

— Oui, c'est bien un habitant d'Oliergues, il habite dans la même rue que la gendarmerie.

— Et ce soi-disant prédicateur, nous pouvons le trouver facilement ?

— Vers la rue du Parc, ce n'est pas très loin d'ici, nous pouvons vous y conduire si vous voulez.

— Ce serait bien aimable à vous !

Ils partirent patrouiller dans la rue du Parc.

— Voyez-vous inspecteur, nous aurons de la chance si nous l'apercevons aujourd'hui !

— Pourquoi ?

— Il s'absente très souvent.

— Ha !?

— Oui, parfois nous ne le voyons pas pendant deux ou trois jours, et sans crier gare, il est là, devant sa porte, très droit, habillé généralement en foncé.

— Et cet énergumène, il porte une moustache ?

— A ma connaissance, non, cela vous chagrine ?

— Pas tant que cela, seulement, j'ai en tête les dires d'une autre personne qui stipulait la présence d'une petite moustache et d'une calvitie.

— Pour la calvitie, je ne peux rien vous dire, car je ne l'ai jamais vu sans son chapeau. Nous arrivons ; c'est là, en face. Il n'a pas l'air d'être présent ; allons voir tout de même.

Comme deux duettistes, ils frappèrent à la porte de la bâtisse. Pas de réponse… Au moment de faire demi-tour, une tête apparue à la fenêtre droite.

— Oui ? c'est pourquoi ? Tiens donc, les forces de l'ordre maintenant !

Quelques secondes s'écoulèrent. La porte s'ouvrit et s'ensuivit la même tête que celle de la fenêtre, mais cette fois-ci, sur un corps assez mince, tout habillé de sombre, toujours avec un chapeau assorti.

— Bonjour messieurs ! Quel est le but de votre visite dans la demeure de la Vérité ?

L'adjudant Massey prit la parole :

— Voici l'inspecteur principal Vincent Rivière qui émettait le désir de vous connaître.

— Voilà, il me connaît maintenant alors bonsoir !

— Monsieur, s'il vous plaît votre nom ?

— Victor Carbonnel…

— Vous vous appelez vraiment Victor Carbonnel ?

— Oui pourquoi ? Cela vous dérange ?

— C'est que plusieurs personnes ont semblé vous voir à d'autres endroits, pratiquement au même moment...

— Peut-être... c'est que je bouge assez souvent et toujours vers des drames qui se sont déroulés récemment.

— Par exemple vers des scieries, comme celles de l'Auvergne et de Sainte-Agathe ?

— Peut-être bien !

— Autre chose : la maison qui a brûlé au hameau d'Augerolles, la propriétaire s'appelait aussi Carbonnel. C'était de votre famille ?

— Certainement.

— A quel degré ?

— Cette personne n'est autre que ma mère.

— Votre mère ? Vous ne vous êtes pas manifesté lorsque sa maison a brûlé !

— J'avais pris mes distances avec elle depuis un bon nombre d'années pour de grandes différences de pensées.

— Très bien Mr Carbonnel Si vous désirez l'accompagner dans ses obsèques, elle se trouve à l'antenne médico-légale à Clermont-Ferrand. De toute manière, vu les dégâts de l'incendie, elle reposera en cercueil fermé.

Dans votre emploi du temps très chargé, en parallèle avec tous ces sinistres, prenez quelques moments pour consigner vos propos à la gendarmerie.

— Je n'y manquerai pas.

L'adjudant Massey reprit la parole :

— Je vous demanderai simplement de ne pas quitter la région Mr Carbonnel ; et ne tardez pas à venir nous voir.

En remontant dans leur véhicule :

— Je ne vous ai pas menti, inspecteur, vous avez vu le spécimen !

— Eh oui, c'est un cas ! Je vais lancer un gars à ses basques, car il ne me paraît pas trop catholique. Le retrouver présent dans la foule de badauds à chaque endroit où s'est produit un drame. Cela me travaille au plus haut point.

— Je vous comprends lieutenant !

— J'attends avec impatience le retour de courrier des scientifiques. Ils doivent me renseigner sur le déchiffrage de certains documents récupérés dans le canal d'Augerolles.

Revenu à la gendarmerie, Vincent Rivière rejoignit son véhicule et repris la direction de Thiers.

Chapitre 9

Comme une bombe

Revenu à son bureau de la gendarmerie de Thiers, Rivière se vit hélé par le réceptionniste : Lieutenant, Lieutenant, par trois fois le docteur Edwige Joubert, des recherches, a essayé de vous joindre ! Elle avait certainement des choses urgentes à vous confier ; elle a demandé que vous la rappeliez dès votre retour ! J'ai essayé de vous intercepter, mais vous deviez être dans un secteur au réseau trop faible.

— Très bien, je vous remercie. Je vais tout de suite dans mon bureau et je l'appelle.

Les yeux étincelants, trois, quatre sonneries restaient sans réponse. L'inspecteur insista, encore et encore, lorsque son combiné cracha : Allo !

— Edwige, tu as essayé de me joindre ?

— C'est vrai Vincent, j'ai un scoop à te mentionner en urgence : ça va, tu es assis confortablement dans ton fauteuil ?

— D'un air franchement impatient : Je t'écoute, Edwige !

— Voilà : la scientifique a eu beaucoup de difficultés à déchiffrer les documents. Mais ils y sont parvenus en grande partie.

— Et ?

— Ils sont parvenus à récupérer un extrait d'acte de naissance, celui de deux bébés de sexe masculin.

— Ça commence à devenir intéressant, continue !

— Ces deux naissances sont attendues et même assez rares : ils sont simplement jumeaux, de vrais jumeaux, issus d'un même œuf. Je te laisse imaginer ce qui peut en découler... Le même ADN, mais pas les mêmes empreintes.

— Alors là, le voilà mon deuxième homme, oh putain de putain ! Tu m'en apprends des choses, moi qui pensais courir après une chimère... Et quels sont leurs prénoms ?

— Sur les actes de baptême, ils n'ont pu extraire qu'un seul prénom, car les documents étaient trop endommagés : le prénom serait Victor, Victor Carbonnel !

Vincent reçut un nouvel électrochoc ! Ainsi, ce Victor qu'il connaissait depuis ce matin, avait un sosie : son frère ! Maintenant, le puzzle s'éclaircissait.

— Edwige, tu serais à côté de moi, je t'embrasserais avec, avec...

— Doucement, Monsieur l'inspecteur, nous sommes censés travailler !

— Tu sais Edwige, l'horizon de mes enquêtes vient de s'éclaircir. La piste d'une deuxième personne redevient d'actualité. J'en connais une qui ne le montrera pas mais sera hautement satisfaite de l'évolution de l'enquête, un réel rebondissement.

— Vincent, je vais t'envoyer tout cela au propre, toujours à la gendarmerie de Thiers ?

— Oui, toujours, pour le moment. Autre chose, Edwige, pour fêter cela, une autre soirée comme celle d'hier pourrait se reproduire un de ces jours ?

— Il faudra étudier cela beaucoup plus près monsieur l'inspecteur !

— Je crois que c'est une chose que je ne peux oublier… à bientôt, Edwige !

— A bientôt !

Après avoir dégusté pendant de courts moments les dernières nouvelles, c'est avec le cœur guilleret qu'il composa le numéro du reptile, la substitute Christine Sablon.

— Oui, inspecteur Rivière ?

— Comment pouvez-vous mettre un nom sur cet appel ?

— Tout simplement ! C'est votre nom qui s'est inscrit sur l'écran du combiné, voyons Monsieur Rivière ! Je suppose que vous ne m'appelez pas pour des broutilles, mais pour des avancées conséquentes sur vos enquêtes respectives.

— Vous avez raison, ce n'est pas pour des futilités que je vous appelle, mais pour une avancé réelle dans nos dossiers.

— Bien !

— Je viens d'avoir le docteur Joubert au téléphone, il semblerait d'après les actes de naissance retrouvés, que madame Carbonnel ait enfanté des jumeaux, des vrais !

— Tiens donc...

— Oui, cela nous permet d'approfondir la thèse d'une deuxième personne en revenant sur les interrogations.

— Si cela s'avérait exact, il serait bon de réunir ces deux parasites.

— C'est dans ce secteur que j'ai pu m'orienter. Seulement, il me faut trouver le truc qui me le permettrait. On ne les a jamais vus ensemble.

C'est con, mais ils me donnent l'impression de se superposer, comme s'ils ne faisaient qu'un. Ils sont sûrement passés maître dans l'art de duper le monde ! La plupart des gens ne pensaient avoir à faire qu'à une seule personne.

— C'est donc à vous, monsieur Rivière, d'arriver à les rassembler.

— Exact ! Mais comment y arriver ?

— Mettez tous vos gars disponibles au courant de la situation, qu'ils redoublent de vigilance !

— Vous devriez, madame, recevoir tout comme moi, le rapport sur les analyses de la scientifique, qui nous permettrait d'avancer. Décidemment, elle n'est pas si simple cette enquête ; je vous souhaite une bonne journée !

— A vous aussi inspecteur, mais foncez !

Chapitre 10

Deux pour un

Maintenant, inspecteur Rivière avait un os à ronger : des jumeaux ! Il ne cessait d'y songer. D'un côté positif, c'était une piste qui arrivait à point pour éclaircir ce dossier assez nébuleux. Il y avait Victor, celui qu'il connaissait depuis peu, mais un frère sosie inconnu au bataillon !

C'est sur ces pensées qu'il s'allongea pour essayer de trouver un peu de décontraction...peut-être.

Au début, le sommeil était un intrus, puis petit à petit, il est devenu un allié ! Dans ses échantillons de rêve, l'optimisme était de rigueur : pour preuve, les mobiles et les différentes constatations s'emboitaient à la perfection. Il se surprit à sourire. Il allait la résoudre cette enquête !

Puis patatras, les côtés sombres revenaient rompre ce charme positif. Il se voyait gravir une espèce de montagne très pentue. Pourtant les appuis pour les mains et les pieds semblaient aisés et escalader jusqu'au sommet une rigolade ; aucune difficulté majeure. Seulement, les parois du rocher étaient lisses et glissantes, sans la moindre cavité où poser ses membres. Lorsqu'il arrivait à monter, il dérapait, remontait et dérapait à nouveau. Aucun résultat ni la moindre possibilité d'atteindre ce foutu sommet. Puis le déroulement de ce rêve devenait bien cool, car la situation commençait à s'agiter dans un meilleur tempo.

C'est donc dans le chaud et le froid qui se réveilla au petit matin. Pour lui, quelque chose avait changé, les journées seraient bien plus sympa, l'enquête allait s'accélérer. Puis, songeant à Edwige : ce serait tellement sympa que ces jours soient fleuris !

C'est dans cet esprit que l'inspecteur rejoignit son bureau. A peine plongé dans ses dossiers, le téléphone retentit, coupant court aux pensées.

— Oui ?

Monsieur Rivière, j'ai la proc' au bout de la ligne !

— Passez-la moi !

— Inspecteur, j'ai omis de vous demander si vous avez des nouvelles de votre gars qui devait faire des recherches au journal « La Montagne ».

L'officier de police nota que pour une fois (ce n'était pas la coutume), la substitute avait adouci ses propos, l'ensemble de ses phrases donnaient dans l'optimisme.

Rivière avait envers elle des pensées un peu plus légères. » Elle a dû passer une nuit super sympa, la madame ! ».

— Non, pas encore de nouvelle de l'agent Mansay. Il doit certainement remonter assez loin dans le temps. Vous faites bien de me le rappeler. Je vais essayer de le recontacter directement au journal ; il doit être plongé dans leurs archives.

— Faites, faites, Monsieur Rivière !

— Les archives doivent être informatisées ; combien doit-il remonter ?

— Cela sera à vous de juger. Comme d'habitude, tenez-moi au courant, encore plus qu'avant. Il me semble que nous ne sommes plus très loin de toucher au but ; alors, surtout, ne lâchons rien !

— C'est bien de mon avis madame, surtout depuis que nous sommes au courant de la présence de jumeaux. D'après la scientifique, ce serait Victor l'aîné et Jacques le cadet.

— Signalez ce fait à vos gars, cela pourrait peut-être les orienter.

— Je ne vais pas manquer de le faire. Mes hommages madame.

Pendant de longs moments, l'inspecteur resta dubitatif. A chaque instant, la question se posait : « comment les baiser, ces deux messagers de la mort ? On ne peut les surprendre ? Il va bien falloir les confondre ensemble un jour ! Il est évident qu'ils évitent de se montrer ensemble en public. Sommes-nous de taille face à ces deux prédateurs vraiment hors du commun, face à ces experts de la cruauté ». C'est dans cet état d'esprit qu'il sortit en prenant un air décontractant.

La mine maussade, l'OPJ ressemblait à la grisaille du temps. Un éclair tomba tout près, là, dans le parc adjacent, immédiatement suivi par le grondement du tonnerre. Quelques gouttes d'eau, suivies par d'autres, s'écrasèrent sur sa tête. L'averse froide balaya et lava l'asphalte.

Cela eut le don de le faire émerger de toutes ses pensées négatives. Dans son subconscient, il voyait les deux frangins vêtus d'habits sombres, droits comme les statues de l'île de Pâques, qui le dévisageaient, un sourire narquois aux lèvres...

Chapitre 11

Tilt !

L'OPJ Rivière avait le sommeil très léger, pour ne pas dire inexistant. Il ne cessait de ruminait comment coincer les deux frangins ensemble. Ils ont, par leur naissance, le même ADN. Pour les empreintes, qui auraient permis de les confondre, ils portaient à longueur de journée, peut-être même de la nuit, des gants de cuir très légers.

A six heures du matin, il se leva. Vraiment, la nuit avait été très chaotique. Il n'avait eu de cesse de penser à pourquoi un Carbonnel était sorti dans la soirée, à une heure tardive, passé par la vieille église, sorti par la porte arrière et réapparu quinze minutes plus tard. Toutes suppositions pouvaient être plausibles actuellement. Il prit la décision de se décontracter et de suite, fila prendre une bonne douche. Plus tard, le petit déjeuner avalé devant une chaîne d'informations à la télévision, il pensa fortement au rapport de l'agent Mansay. Arrivé au bureau de la gendarmerie de Thiers, ce fut justement l'agent Mansay qui l'accueillit. Après les congratulations d'usage, l'OPJ lui demanda :

— Alors, tu as trouvé quelques informations intéressantes ?

— Plus que ça chef, j'ai même amené du lourd.

— Viens dans mon bureau ! Tu veux un café ?

— Non merci !

— Alors que m'apportes-tu ?

— Voilà, tout est consigné dans mon rapport. Cela n'a pas été facile car il m'a fallu revenir des années en arrière. J'ai trouvé deux graves évènements qui pourraient nous servir.

— Résume-les moi s'il te plaît, car je suis franchement à cran ces derniers temps.

— Voilà : une gamine fut violée puis étranglée par un pédophile bisexuel, il y a sept ans de cela.

— Cela devient intéressant !

— Certainement, car il était apparenté à la famille Carbonnel ; c'était un petit neveu.

— Là, c'est une embellie dans l'un des motifs ! Il y a une suite ?

— Exact, l'oncle des frères Carbonnel travaillait dans une scierie, celle de Vic-Le-Comte, quand une rixe avec un autre ouvrier, il toucha la scie à ruban, seulement, ce fut le crâne qui trinqua ! Je te laisse deviner la suite. Tout est là, dans mon rapport photocopié.

— Donc, nous nous trouvons devant deux décès touchant la famille des frangins Carbonnel. Les motifs parlent d'eux-mêmes. Et de quand date cette tragédie ?

— Deux ans avant celle du viol de la gamine, donc neuf ans.

— Décidément, la famille Carbonnel a bien morflé. OK Cela a dû les travailler. Donc je vais disséquer ton rapport, question de me faire une véritable opinion sur le QI des frangins.

— D'ailleurs, je crois bien qu'ils avaient commencé à étudier la religion, mais ils s'en sont très rapidement détournés.

— De mieux en mieux ! Dans tous ces aspects, tout est plausible dans l'attitude des frères Carbonnel. Tout est conforme avec leur style un peu branque ! Au fait Mansay, je viens d'avoir une idée pour les piéger.

— Laquelle ?

— Hier, lorsque j'avais pisté le soi-disant Victor, il a disparu pendant quinze, vingt minutes. Il a réapparu après avoir traversé une vieille église.

— Alors ?

— Alors, je pense qu'il faudrait faire le guet devant cette église et poster quelqu'un à l'arrière de celle-ci vers la porte dérobée ; être à plusieurs, histoire de sécurité, aux alentours de ce lieu de culte, j'en suis convaincu.

— Qu'avez-vous en tête, chef ?

— Arriver à les coincer tous les deux ensembles, en tête à tête. Seulement, si nous commençons notre surveillance, il nous faudra être en poste de guet tous les soirs, jusqu'à ce qu'ils daignent sortir de leur tanière, comme des loups affamés.

— Cela fait trop longtemps que nous planchons sur cette enquête, je suis partant.

— Merci ! Il nous faut vraiment trouver deux autres volontaires, histoire d'instaurer un certain roulement. Je ne garantis pas la date à laquelle cela arrivera, mais il nous faudra essayer dès ce soir. Si je ne trouve pas d'autres volontaires, j'en nommerai deux autres d'office !

— Nous commençons ce soir !

Chapitre 12

La confrontation

Ce ne fut que la troisième soirée de surveillance que l'équipe de l'OPJ vit enfin sortir Victor Carbonnel, à moins que cela soit son frère Jacques ! Suivant le même rite que la dernière fois, le suspect pénétra dans l'ancienne église. Dans l'oreillette, Rivière entendit : le suspect vient de ressortir par la porte arrière, nous le suivons.

— Ne le quittez pas des yeux, je vous rejoins immédiatement !

— A mi-chemin, dans la direction de Vironde-sur-Dore, le suspect, Victor ou Jacques, rejoignit une voiture blanche de type SUV et monta à côté du conducteur. Presqu'aussitôt, toute l'équipe de Rivière encercla le véhicule. L'OPJ prononça les sommations de rigueur. En réponse, le moteur de la voiture rugit. Toute la brigade, arme dégainée, resserra son étau. La voiture démarra doucement, puis accéléra, le champignon complètement enfoncé.

Rivière se mit en avant du véhicule, le gestuel voulant dire stop. Rien n'y fit. Le SUV continua sa route et prit encore plus de vitesse. Il heurta de plein fouet l'inspecteur : ce fut un déclenchement de tir envers le véhicule. Celui-ci fit une embardée et s'encastra dans le talus.

Les forces de l'ordre s'acheminèrent autour du SUV. L'enquêteur Mansay tenait contre sa poitrine le buste de l'OPJ Rivière dont les paupières étaient déjà fermées.

Dans la voiture des frères Carbonnel, les policiers découvrirent derrière le pare-brise pulvérisé, le corps d'un Carbonnel inerte, la cage thoracique ensanglantée. Son frère jumeau, lui, gémissait sur le volant.

— Inspecteur Mansay : « Officier à terre ! vite, vite, envoyez une ambulance ! Je crois bien que l'inspecteur Rivière est très sérieusement amoché ! »

Au bout de la ligne : « nous vous envoyons l'hélico ! Cela sera bien plus rapide que nos véhicules !

Bien plus tard, Rivière était toujours dans le coma, en soins intensifs, son pronostic vital très engagé. Derrière la vitre de sa chambre stérilisée, la substitute du procureur, Christine Sablon, le regardait, intubé et la mine complètement défaite. Défaites étaient également celles de ses collègues présents, attendant des diagnostics beaucoup plus optimistes.

Un peu à l'écart, la légiste Edwige, le mouchoir dans la main, avait les yeux très brillants, de ceux qui retiennent leurs larmes.

Un docteur urgentiste sortit de la chambre aseptisée. Devant les regards interrogatifs du groupe, il ne put qu'hocher la tête. La légiste tourna les talons, afin de ne pas exposer sa détresse. Le deuxième frère Carbonnel, ne put résister à la grande faucheuse.

Quarante-huit heures plus tard, une infirmière sortit de la chambre : « C'est vous Edwige ? »

— Oui !

— Monsieur Rivière vient de sortir du coma !

— Et ?

— Le premier mot, c'est votre nom ; je crois bien qu'il vous réclame !

Elle fut autorisée à aller à son chevet ; lui, toujours intubé, mais les yeux parlaient pour lui !